Carlos & Carmen

El tiempo de uncle

Por Kirsten McDonald
Ilustrado por Erika Meza

Calico Kid

An Imprint of Magic Wagon
abdobooks.com

For Megan who found Carlos and Carmen, Heidi who helped them be their best, and Erika who brought them to life. —KKM

Para Megan, quien encontró a Carlos y Carmen, Heidi quien les ayudó a ser sus mejores, y Erika quien les dio vida. —KKM

For all of the ladies above – Megan, Heidi, and Kirsten, for dreaming them up – but also to Candice, who made sure I gave my last ounce of colour and my best lines! —EM

Para todas las mujeres ya mencionadas – Megan, Heidi, y Kirsten, por soñarles – pero también para Candice, ¡quien se aseguró de que yo diera mi última onza de color y mis mejores líneas! —EM

abdobooks.com

Printed in the United States of America, North Mankato, Minnesota.
052018
092018

 THIS BOOK CONTAINS RECYCLED MATERIALS

Written by Kirsten McDonald
Translated by Brook Helen Thompson
Illustrated by Erika Meza
Edited by Heidi M.D. Elston
Designed by Candice Keimig
Translation Design by Christina Doffing

Library of Congress Control Number: 2018933157

Publisher's Cataloging-in-Publication Data

Names: McDonald, Kirsten, author. | Meza, Erika, illustrator.
Title: El tiempo de uncle / by Kirsten McDonald; illustrated by Erika Meza.
Other title: Tío time. Spanish
Description: Minneapolis, Minnesota : Magic Wagon, 2019. | Series: Carlos & Carmen
Summary: It is the first snow of the season, and Tío Alex comes over to play with the twins, and
cook them a special secret surprise.
Identifiers: ISBN 9781532133220 (lib.bdg.) | ISBN 9781532133428 (ebook) |
Subjects: LCSH: Hispanic American families--Juvenile fiction. | Brothers and sisters--Juvenile fiction. | Snow--Juvenile fiction. | Uncles--Juvenile fiction.
Classification: DDC [E]--dc23

Tabla de contenido

Capítulo 1
Día de hurra
4

Capítulo 2
Bolas de nieve y chocolate caliente
12

Capítulo 3
La receta secreta
20

Capítulo 4
La sorpresa deliciosa
26

Capítulo 1
Día de hurra

Spooky dio una palmadita en la nariz de Carlos, pero no se despertó. Dio un golpecito en la oreja de Carlos, pero no se despertó.

Por fin, lamió su mejilla con su pequeñita lengua rosada.

Carlos se incorporó en la cama.

—Good morning a ti también —dijo.

Carlos rascó a Spooky debajo de la barbilla.

—Está frío tu pelo.

Carlos acarició su espalda.

—Está mojado tu pelo.

La cola de Spooky se le resbaló de los dedos.

—Y, hay hielo pegado a tu cola.

Carlos saltó de la cama y miraba por la ventana. Había nieve cubriendo todo y por todas partes.

Carlos y Spooky corrieron a la habitación de Carmen. Se lanzaron sobre su cama.

—¡Levántate! —gritó Carlos.

Murr-uhhh, añadió Spooky.

Carlos corrió a la ventana de Carmen.

—¡Ven a ver lo que hay en nuestro jardín! —dijo.

—¿Es Uncle Alex y su receta secreta? —preguntó Carmen con un bostezo.

Carlos se había olvidado todo acerca de Uncle Alex y su receta secreta.

—¡Caramba! ¡Hoy va a ser un día de hurra a lo triple, lo mejor del mundo! ¡Uncle Alex, una receta secreta, y nieve! —dijo Carlos.

—¡Nieve! —exclamó Carmen. Fue
corriendo a la ventana.

Carlos y Carmen se quedaban
mirando su jardín. Había nieve en los
arbustos. Incluso había nieve en el
columpio de llanta.

—Vámonos a jugar en la nieve
—dijo Carmen.

Los gemelos salieron corriendo
de la habitación, pero Spooky no.
No le gustaba la nieve. Le gustaba
camas cómodas y calentitas.
Entonces, se acurrucó en las cobijas
de Carmen y se durmió.

Capítulo 2
Bolas de nieve y chocolate caliente

Carlos y Carmen estaban construyendo un gato de nieve en el jardín delantero. Justo entonces, llegó Uncle Alex.

—¡Hurra! —gritaron Carlos y Carmen—. ¡Es tiempo de Uncle!

Uncle Alex se bajó de un salto del carro y tiró una bola de nieve hacia los gemelos. La bola se resbaló por la nieve y les salpicó de copos de nieve.

—¿Estás pensando lo que estoy pensando? —dijeron Carlos y Carmen. Y, como eran gemelos, así estaban.

—¡Vamos por ti, Uncle Alex!

Los gemelos se escondieron detrás del gato de nieve. Tiraron bolas de nieve a Uncle Alex, pero las bloqueó.

—¡A que no me alcanzan! —llamó Uncle Alex.

Carlos y Carmen corrieron tras Uncle Alex dando vueltas y vueltas alrededor del gato de nieve. Seguían corriendo tras él cuando Mommy llamó:

—¡Es hora de chocolate caliente!

Uncle Alex alzó en brazos a los gemelos.

—Let's go! —dijo Uncle Alex—. La nieve puede esperar, pero el chocolate caliente de tu Mommy, no. Espero que haya usado su receta especial.

—¿Su receta especial es la misma que tu receta secreta? —preguntó Carmen.

—No —dijo Uncle Alex mientras subía las escaleras pisando fuerte.

—¿Qué hace tu receta secreta? —preguntó Carlos mientras se quitaban las botas y los mitones.

—Es una surprise secreta —dijo Uncle Alex.

—Por favor, dinos —suplicaron los gemelos.

—No será una sorpresa si les dice —dijo Mommy. Les pasó a cada uno una taza de chocolate caliente.

Uncle Alex tomó un sorbito.

—Mmm, así como me gusta, con un toque de chile en polvo.

—Mmm —dijo Carmen—, así como me gusta, con una pizca de canela.

—Y triple-mmm —dijo Carlos—. Así como me gusta. Con un toque de chile en polvo, una pizca de canela, y con un montón de malvaviscos mini.

Capítulo 3
La receta secreta

Cuando se acabó todo el chocolate caliente, Uncle Alex y los gemelos salieron de nuevo. Hicieron bolas de nieve gigantes y construyeron una fortaleza de nieve.

Hicieron ángeles de nieve, y jugaron al fútbol. Luego agitaron los árboles más pequeños y la nieve se cayó encima de ellos por completo.

Uncle Alex se limpió la nieve de su cara.

—¿Alguien tiene hambre de la receta secreta mexicana? —les preguntó.

—¡Yo! —gritó Carlos.

—Me too! —consintió Carmen.

—Dinos lo que es —dijo Carlos.

—No —dijo Uncle Alex mientras entraban en la casa—. Pero, les doy unas pistas. Tiene cheese y sausage y es uno de mis favorites.

Carmen adivinó los nachos. Carlos adivinó los tacos. Entonces los dos adivinaron los burritos.

Por fin, Uncle Alex dijo:

—Voy a guardarlo un secreto. ¡Así que dejen de adivinarlo y empiecen a cocinar!

Uncle Alex dio a Carlos el queso de color blanco para rallar. Dio a Carmen el queso de color naranja para rallar.

Cuando todo el queso estaba rallado, Uncle Alex levantó un saco grande y dijo:

—Y, ahora mis ingredientes secretos. Sin mirar, los dos.

Carlos and Carmen oyeron el pelado de plástico, y oyeron el traqueteo de una bandeja grande.

Por fin, Uncle Alex dijo:

—Sin mirar el horno mientras esperamos.

Y así para asegurarse, colgó una toalla cubriendo la ventana de la puerta del horno.

Capítulo 4
La sorpresa deliciosa

Mommy and Daddy entraron en la cocina justo cuando pitó el reloj automático.

—Mmm —dijo Carmen, acercándose sigilosamente hacia el horno.

—¡Mmm-mmm! —consintió Carlos, estirándose para la toalla.

Uncle Alex los ahuyentó del horno.

—Siéntense, y voy por la surprise. Sin mirar —les dijo.

Carlos y Carmen se cubrieron los ojos. Spooky rozó las piernas debajo de la mesa. Esperaba una miga de la sorpresa deliciosa.

Uncle Alex cerró la puerta del horno de golpe y dijo:

—A comer.

Los gemelos se descubrieron los ojos. No podían creer lo que vieron.

—¡Pizza!

—Pero, dijiste que la receta era de México —dijo Carmen.

—Y, dijiste que era algo que hace nuestra grandmother —añadió Carlos.

—¡Así es! —dijo Uncle Alex con una risa—. Esto es la pizza de chorizo y queso de su abuela.

—Es uno de mis favoritos —dijo Mommy.

Carmen enfrió su trozo de pizza soplando y dio un bocado.

—Eshto esh la mejor pizzsha —dijo.

Uncle Alex dio a Spooky un trocito de queso.

—¡Guau! —dijo Carlos mientras acababa su primer bocado—. ¡Nuestra grandmother sabe hacer la mejor pizza de México!

Carmen negó con la cabeza.

—¡No, Carlos, nuestra grandmother sabe hacer la mejor pizza de todo el mundo!

Entonces todos hicieron planes para más diversión nevada mientras comían la mejor pizza de toda la historia.

31

Inglés a Español

cheese – queso
Daddy – Papá
favorites – favoritos
good morning – buenos días
grandmother – abuela
Let's go! – ¡Vámonos!
Me too! – ¡Yo también!
Mommy – Mamá
sausage – chorizo
surprise – sorpresa
Uncle – Tío